Tableaux Modernes

Dessins — Aquarelles

VITRAIL — LUSTRES

Ayant décoré

l'Ancien Cabaret du " CHAT-NOIR "

VENTE

du Mardi 22 Mars 1904

SALLE N° 11

Imp. G. Chaufour, 8-10, rue Milton, Paris

Collection du CHAT NOIR

"RODOLPHE SALIS"

IMPORTANTS TABLEAUX

PAR

A. WILLETTE

DESSINS, TABLEAUX, AQUARELLES

PAR

J. Auriol, Ballariau, J.-L. Brown
Cattelain, Caran d'Ache, Does, Delaw, Depaquit
F. Fau, Forain, Grasset
Gavarni, Jossot, L.-O. Merson, Pissaro, Regamey, Rœdel
H. Rivière, R. Salis
Steinlen, Vincent, A. Willette, etc.

GRAND VITRAIL DE A. WILLETTE

GRAVURES, AFFICHES

Lustres et Lanternes en fer forgé de GRASSET

FAIENCES

AYANT DÉCORÉ L'ANCIEN CABARET DU **CHAT NOIR**

PIÉCES D'OMBRES

dont la VENTE aura lieu à Paris

HOTEL DROUOT - SALLE Nᵒ II

Le Mardi 22 Mars 1904

A 2 HEURES 1/2

Mᵉ J. GUILLET	M. F. CUÉREL
Commissaire-Priseur	Peintre-Expert
34, Rue Baudin, Tél. 3o8-37	9, Rue Eugéne-Süe

EXPOSITIONS

PARTICULIÈRE : le Lundi 21 Mars 1904, de 2 heures à 6 heures.
PUBLIQUE : le Mardi 22 Mars, avant la Vente de 1 h. à 2 h. 1/2.

LE PRÉSENT CATALOGUE SERVIRA
DE CARTE D'ENTRÉE A L'EXPOSITION PARTICULIÈRE

CONDITIONS DE LA VENTE

La vente sera faite au comptant.

Les adjudicataires payeront *dix pour cent* en sus des enchères.

L'exposition permettant au public de se rendre compte de l'état et de la nature des objets, il ne sera admis aucune réclamation une fois l'adjudication prononcée.

Paris, Imprimerie C. Chaufour, 8-10, rue Milton

Le Chat Noir

Le *Chat Noir* était cabaret et gazette. Et voilà ce que Ramponneau n'avait pas trouvé.

Gazette et cabaret furent l'école d'aucuns, le tremplin de plusieurs — et le drapeau de Montmartre. « Qu'est Montmartre ? Rien, disait Salis, en 1881. Que doit-il être ? Tout. » Quinze ans après, à la veille de sa mort, considérant son œuvre : tant d'illustres en belle route vers les salons ou le théâtre qui étaient partis de chez lui, et toute cette foule badaude pendue à la « mamelle de la France », et toute cette miaulerie des chats de sa nichée sur les flancs engraissés de la Butte, Salis s'écria : « Qu'est Montmartre ? Tout. Que doit-il être ? Davantage. »

Il est parti sans avoir réalisé ce rêve présomptueux. Montmartre n'est pas davantage que tout, mais il est plus que rien — et il lui doit.

(*Extrait*)   Georges MONTORGUEIL.

Cabaret
du
Chat Noir
Paris

DÉSIGNATION

VITRAIL

A. WILLETTE

1 — Le Veau d'or.

TABLEAUX

A. WILLETTE

2 — Le Moulin de la Galette.

$1^m70 \times 1^m20$.

3 — La Chasse à l'amour.

$1^m70 \times 1^m20$.

4 — Pour le roi de Prusse.

$1^m70 \times 1^m20$

5 — Parce Domine.

$3^m9? \times 2^m.$

6 — A Robespierre.

$1^m70 \times 1^m20$

7 — Une paire d'amis.

$1^m66 \times 0^m90.$

8 — La Vierge au chat.
Maquette de vitrail.

$2^m \times 0^m57.$

RÉGAMEY

9 — Intérieur de forge.

STEINLEN

10 — Panneau décoratif.

Paul SIGNAC

11 — Asnières.

DESSINS

BALLURIAU

12 — Idylle de printemps.

G. BELLENGER

13 — Tête de femme.

John LEVIS BROWN

14 — Jockeys (15 juin 1890).

G. BIGOT

15 — La nuit tous les chats sont gris.

P. H. CATTELAIN

16 — Quatorze portraits de Chatnoiristes Mac. Hab, H. Rivière, Fragerolle, H. Somm, Vincent, Jonard, Le Baron Barbier, etc.

17 — A un héros.

CAZALS

18 — Seul à t'aimer.

CARAN D'ACHE

19 — La Retraite de Russie.

Quatre dessins.
Ombres originales pour l'Epopée.

Georges DELAW

20 — Répétition de l'Epopée.

21 — Temps de neige.

22 — En Hollande.

23 — Le Francfurterwarchal Vercen

24 — Noël allemand.

25 — **Les Anciens morts.**

FORAIN

57 — A Salis.

GAVARNI

58 — Fi ! le vilain ronfleur.

GALICE

59 — Joyeux printemps.

GODEFROY

60 — La Pente fatale.

61 — Intermède.

62 — Au feu.

63 — Les suites de propos aigres doux.

GRASSET

64 — Girouette du Chat noir.

GROUX (H. de)

65 — Tête d'étude.

HEIDBRINCK

66 — Fais l'aumône.

JOSSOT

67 — En Bretagne.

68 — Pour une femme.

LADISLAS LOEWY

69 — Portrait de Verlaine.

LORIN (E.)

70 — Le Papillon noir.

LUNEL

71 — Chronique.

MALTESTE

72 — Une semaine d'amour.

MERSON (Luc-Olivier)

73 — Cousin, pardon !

PAL

74 — Portrait de Adrien Dezami.

PISSARO (Lucien)

75 — Idylle aux champs.

76 — Histoire sans paroles.

POITEVIN

77 — Cruelle Enigme.

78 — L'Arbre enchanté.

ROEDEL

79 — Au Chat noir.

ROY (Ulysse)

80 — Gendarme et photographe.

RIVIÈRE (Henri)

81 — Le Denier de la veuve.

82 — Quatre maquettes de décors (clair de lune).

83 — Le Chant du Machabée.

84 — Le Hasard est souvent fumiste.

85 — Vingt-deux dessins et croquis ayant servi à illustrer les « Contes de Salis ».

86 — Plusieurs pages des Livres de Caisse du Chat Noir.

SABATTIER

87 — La Fille du régiment.

88 — Quatre croquis.

Rodolphe SALIS

89 — On ne peut contenter tout le monde

90 — Vive l'Empereur.

91 — Toujours le même refrain.

92 — Souffle mon mignon.

93 — A propos de l'affaire Hartmann.

WILLETTE (A.)

121 — Le Midi bouge.

122 — Histoire sans paroles.

123 — La Mansarde.

En collaboration avec Rivière.

124 — Plusieurs pages des livres de caisse du Chat Noir.

AQUARELLES

Georges AURIOL

125 — Elle avait des cheveux blonds.

126 — A la Mer.

127 — Eventail.

128 — Iris.

CARAN d'ACHE (Attribué à)

129 — Porte étendard Russe.

GRASSET

130 — Projet de Théâtre du Chat-Noir.

---

131 — Neuf Originaux d'affiches pour le Cabaret du Chat Noir.

PIÈCES D'OMBRES

Ces pièces seront vendues avec tous droits de représen-
tion (sauf pour la musique).

HARAUCOURT et RIVIÈRE

132 — Hero et Léandre.

FRAGEROLLE et RIVIÈRE

133 — Clair de Lune.

134 — Sainte Geneviève.

DONNAY et RIVIÈRE

135 — Ailleurs.

BOMBLED

136 — La Conquête de l'Algérie.

ROBIDA

137 — La Nuit des Temps.

FAIENCES ANCIENNES

138 — Quatre plats vieux Strasbourg.

139 — Sept compotiers.
Marques Françaises.

140 — Plat grès Allemand.

141 — Plat décoré Italien.

142 — Deux plats faïence de Bruges.

143 — Cinq plats à barbe.
Marques Françaises.

144 — Deux assiettes (Moutiers et Rouen).

145 — Deux plats.

146 — Deux huiliers vieux Rouen.

147 — Plat faïence Urbino.

148 — Assiette Strasbourg au Chinois.

149 — Lot assiettes Strasbourg décors fleurs.

150 — Quatre assiettes faïence de Lille.

151 — Deux assiettes faïence de Lille (décor tulipe).

152 — Deux assiettes faïence de Lille (décor à bouquet de fleurs).

153 — Deux assiettes faïence de Rouen à la rose.

154 — Six assiettes (Rouen, Moustiers).

155 — Assiette faïence française Marie-Roie, 1785.

156 — Six assiettes faïence française.
Marques diverses.

157 — Huit assiettes Rouen, Strasbourg (etc.)

158 — Assiette Delft.

159 — Pot à bière, couvercle étain.

160 — Deux saladiers et un plat à barbe.

FAIENCES MODERNES

161 — Vingt-cinq assiettes, décors divers.

162 — Pot en grès.

163 — Vase carré et beurrier.

OBJETS VARIÉS

GRASSET

164-167 — Quatre lustres en fer forgé.

168-169 — Deux lanternes en fer forgé avec leur
potence.

170 — Collection complète du journal *Le Chat Noir*
au chiffre de *R. Salis*.

171 — Onze gravures : Épisodes du règne de Napo-
léon Ier.

172 — Le Grand Théâtre de Saint-Pétersbourg.
Gravure en couleur.

173 — Trente-quatre gravures.
Eaux fortes et lithographies diverses.

174 — Quatorze sabres et épées. Epoques Ier Empire
et autres.

175 — Affiches illustrées des journées du Théâtre du
Chat Noir.

176 — Vingt-deux masques japonais.

177 — Albums illustrés.

178 — Objets omis.